KB165317

굽은 길들이 반짝이며 흘러갔다

굽은 길들이 반찍이며 흘러갔다

고두현 외 지음

나무옆의자

차례

| 2부 |

세상에서 가장 아픈 이름

| 3부 |

아버지, 어디로 갈까요

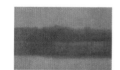

사라진 별똥별처럼

고진하

아버지의 죽음을 두고
마치 타인의 그것을 떠올리듯
'그 어떤 매장 뒤에'라는 제법 심각한 제목의 시를 쓴 일이 있죠
빡빡머리 하고 다니던 고등학교 시절.

탈관을 하고 삼베에 싸인 당신의 주검이
흙구덩이 속으로 던져지던 그 매장의 기억만큼
강렬한 경험은 아직 없지요.
내 인생을 열어준, 그 열쇠가 형상을 여의고 사라졌을 때
사라진다는 것이 슬픔인 줄은 한참 뒤에 알았죠.

지금 그 부재의 광경을 다시 떠올리는 일은 매우 드물지만
벌초하러 가서 우거진 풀을 깎고 무덤을 쓰다듬을 때면
가물거리는 형상 대신
고요한 어둠,
헛헛한 침묵에 잠시 휩싸이곤 하죠.

깊이 생각해보면, 그래요
이젠 당신이 다른 몸이 되어, 보랏빛 엉겅퀴로 피고
고추잠자리, 혹은 송장메뚜기로 날아다닐 때
출생의 그것은 물론
사라짐의 암흑과 신비마저 이해하도록
당신이 건네준 무형의 열쇠를
나도 누군가에게 전해주어야겠죠.

하지만 나는 그런 열쇠를 가진 듯하다가도
주머니를 뒤져보면 아무것도 없죠.
어떻게 살아야 할까요?
이런 흔해빠진, 그러나 절박한
질문에 대해서도 살아서 답하긴 틀린,
저 하늘 심연으로 사라진 별똥별처럼
당신에 대한 기억조차 가물가물거리는 지금……

시작 메모

　몇 줄 언어의 그물에 걸린 그 아득한 기억, 죽음. 내 핏속에 혈육의 삶과 죽음은 지금도 실개천이 되어 흐르는 걸까요. 당신처럼 무뚝뚝해서 사랑한단 말 한마디 건네지 못한, 그게 연민으로 화해 가슴을 쥐어뜯지는 않지만, 아버지, 그래도 저 지금 아파요! 라고 으밀아밀 말 건네고 싶은, 연륜이 더할수록 그러고 싶은…….

따뜻한 봄날

김종해

대티고개 너머 구덕산에서
아버지가 지게로 지고 오신 나뭇단 꼭대기에
진달래꽃이 꽂혀 있다
젊은 아버지가 장난삼아 지게 위에 쓴 시(詩)는
눈부시고 아름다웠다
어머니는 진달래꽃만 곁에 두고
솔가지를 꺾어 아궁이에 넣었다
활활 타오르는 불꽃은 어머니의 얼굴 위에
황홀하고 발그레한 무늬를 수놓았다
시보다 아름다운 무늬가
젊은 어머니를 뜨겁게 했다
물은 설설 끓고 가마솥 위에 떡시루
김은 하얗게 장지문을 적시는데
떡은 다 익었다, 떡은 다 익었다,
절구통에 떡 칠 일 빼놓고도
젊은 아버지는 할 일이 많으시다

따뜻한 봄날
부엌강아지 같은 어린 아들이
할 일 많은 아버지 옷깃에
자꾸 걸치적거린다

시작 메모

비좁은 방 한 칸에 밤이 되면 우리 가족 모두 가지런히 누워 함께 잠잔다.
윗목에서부터 아버지, 형, 누나, 나, 엄마의 순서로 누워서 잠잔다. 어린 나
는 너무 눈치가 없다. 아버지와 엄마는 언제 사랑을 나눌까, 철이 없어서 그
런 생각마저도 나는 할 수 없다. 걸치적거리는 어린 아들 때문에 아버지가
불쌍하다.

세월 저편

류근

    추억의 배후는 고단한 것 흘러간 안개도 불러 모으면 다시 상처
가 된다 그러나 내가 할 수 있는 일은 늘 바라보는 것

    바람은 아무거나 흔들고 지나간다
여름 건너 하루해가 저물기 전에
염소 떼 몰고 오는 하늘 뒤로 희미한 낮달
소금장수 맴돌다 가는 냇물 곁에서
오지 않는 미래의 정거장들을
그리워하였다
얼마나 먼 길을 길 끝에 부려두고
바람은 다시 신작로 끝으로 달려가는 것인지
만삭의 하늘이 능선 끝에
제 내부의 붉은 어둠을 쏟아내는 시간까지
나 한 번 흘러가 돌아오지 않는
아버지 그 먼 강의 배후까지를
의심하였다 의심할 때마다
계절이 바뀌어 그 이듬의 나뭇가지

젖은 손끝에 별들이 저무는 지평까지 나는 자라고
풍찬노숙의 세월을 따라
굽은 길들이 반짝이며 흘러갔다

어디까지 흘러가면 아버지 없이 눈부신 저 무화과나무의 나라에
가 닿을 수 있을까 어디까지 흘러가면 내가 아버지를 낳아 종려나
무 끝까지 키울 수 있을까

세상에 남겨진 내가 너무 무거웠으므로
때로 불붙는 집 쪽에서 걸어 나오는
붉은 짐승의 꿈을 신열처럼 따라가고

오랜
불륜과도 같은 세월 뒤로 손금이 자랐다
아주 못 쓰게 된 헝겊 조각처럼
사소한 상처 하나 가릴 수 없는 세월이
단층도 없이 흘러가 쌓였다

이쯤에서 그걸 바라본다

황혼 건너

저 장대비 나날의 세월 저편

시작 메모

　너무 오래 이 시를 품고 살았다. 녹슬기 전에 놓아주련다. 대못 같은 슬픔
에라도 가서 깊이깊이 어두워지길.

어디까지 흘러가면 아버지 없이
눈부신 저 무화과나무의 나라에
가 닿을 수 있을까

니 뭐 하고 있노?

문형렬

니 시방 뭐 하고 있노?
나이가 적나, 뭐가 슬프노?
싸락눈 사이로 어머니 산에 묻고
돌아와 소리 없이 흐느끼는데
아버지, 옛 모습 그대로 흰 두루막 입고
금방이라도 떠나실 듯 찾아와
꾸짖으신다
울지 마라,
형도 누이도 못 온다고 니가 아무리 캐도
그럴 리 없다고 기다리는 모습이 하도 애처로버서
그만 데리고 왔다
먼저 떠난 니 형도, 누이도 다 잘 있다
땅에서는 하고 싶었던 말도
천상에서는 눈 녹듯 없다
그리워하지 마라
맘에 두지 마라
니 뭐 하고 있노, 무릎 꿇고 살아라

돌아서시는 아버지 뒤따라
꿈길에서 무릎걸음으로 달려 나가니
물, 불, 흙, 바람
새벽달이 환하다

시작 메모

싸락눈 지나가고, 꽃잎 지나가고, 그 사이로 붉고 푸른, 희고 검고 누런 오
색 그리움이 쓰윽 얼굴을 내민다. 아뿔싸……!

작약과 아버지

박후기

작약 꽃이 필 때면
엄마 얼굴도 따라서 붉게 물들곤 했다
작약 꽃이 벙그러지면 엄마도 따라 웃고
엄마가 웃으면 아버지도 따라 웃었다

꽃이 피는 것은 전염이다
하나가 피면 둘이 피고
둘이 피면 셋이 피고,
엄마가 수줍게 봉오리를 열면
아버지마저 붉게 달아올랐다

붉은 작약 타오르던 밤이면
엄마와 아버지도 홑이불 속에서
작약처럼 붉게 타올랐다
귀만 몰래 열어놓고
잠든 척하다 잠들어버리던
유년기의 오뉴월 아랫목은

언제나 붉은 작약 공장이었다

너무 멀리 떠나온 것일까
잊고 지내던 작약을 볼 때마다
자꾸만 아득해진다
죽은 아버지도 아득해지고
병실의 엄마도 아득해진다

꽃은 어떻게 해마다
혈색을 기억해내는 걸까?
나는 작약만 보면
속살을 만지고 싶어진다

시작 메모

　작약(芍藥) 앞으로 주소를 옮기고 싶다.
　가족을 위해, 아버지는 기꺼이 작약(炸藥)이 되었다.

꽃은 어떻게 해마다
형색을 기억해내는 걸까?

대답이 없다

배한봉

아버지를 불렀다, 뱅뱅 공중을 돌다
사라지는 내 목소리
대문 열고 들어서기만 해도 내 발자국 소리 알아듣고
잠시 바람 쐬러 나섰다가도 한달음에 오시던 아버지
마당에 덩그러니 서서 몇 번을 불러도
대답 없다, 방문 열고 내다보지도 않는다

아직도 나는 아버지의 부재를 믿을 수 없는 것이다.
방문 열자 사방에서 밀려 나오는
아버지 냄새
어둑한 시간을 껴입은 적막이
부재의 깊이를 보여줄 뿐
간소한 세간살이와 몇 벌의 외출복
금방이라도 어디선가 불쑥 손을 내밀 것 같은
아버지, 가는귀 어두워 들리지 않는 것일까
불러도, 목청껏 불러도 대답이 없다

실은 아버지도 뭐라 뭐라 큰 소리로 답하고 싶을 것이다
아버지, 부르면 오냐 왔느냐
아버지, 부르면 오냐 너그도 별고 없제
대답은 존재 증명의 방법
부르고 대답 듣는 것은
얼마나 기쁘고 행복한 일이냐

평소처럼 한마디 대답이
환청처럼 공중을 떠다니다 흩어지는 빈집,
아직도 아버지 온기와 숨결 살아 있는
집 안 적막 먹먹해서
나는 그만 소쩍새 울음을 울고
달빛은 누렇게 변색된 아버지 일기장을
한 장씩 읽고 또 읽는다

시작 메모

아버지 목소리가 듣고 싶다. 단 한 번만이라도, 꿈속에서라도 아버지! 하고
부르면, 오냐! 그렇게 평상시 같은 대답을 듣고 싶다.

조화

손택수

어버이날에도 한 번
달아드린 적이 없는 꽃

평생 받지 못한 꽃을
한꺼번에 다 품으셨습니다

시작 메모

　'창상(創傷)'이란 말에서 알 수 있듯 상처와 창조는 본디 한 뿌리이다. 세상
　모든 아버지는 '창상'이다.

균형

이승희

아버지가 타시던 낡은 자전거
담장에 기대어 있다

담장과 자전거의 균형은

비스듬하게

끝내 외롭다

자전거 바퀴 사이로
봄 햇살
저희들끼리 살을 타고 오르내린다
저희들끼리 바퀴를 굴리는 모습

부디 외롭다

제 외로움만큼 외롭지 마셔요

균형이 아름다운 건 그 때문이잖아요

시작 메모

시소의 균형은 나란한 데 있는 것이 아니라 서로 반대의 극점에서 서로를
향해 오르거나 내릴 때 생겨난다. 부재도 부재 자체로서가 아니라 그 부재
를 바라보는 사람에 따라 생겨나는 감정이다. 내가 외롭다면 적어도 그만
큼 내게 부재를 준 대상은 외롭지 않았으면 한다. 내가 해줄 게 그것밖에
없어서 나는 자꾸만 더 외로워진다.

참 많은 세월 흘렀어도

이은봉

아버지가 세상을 뜬 지도 벌써 13년이다
참 많은 세월 흘렀어도 가끔은
후적후적 걷던 아버지가 보고 싶을 때 있다
그때마다 귀퉁이가 깨진 거울을 들여다본다

거울 속에는 아버지의 얼굴을 한
웬 중늙은이가 서 있다 귀퉁이가
깨진 얼굴을 하고, 아버지 하고 부르면
오냐, 하고 그가 어색하게 대답을 한다

이 낯선 중늙은이 아버지를 어쩌나
어머니의 몸짓을 하고, 또 다른 중늙은이
아내가 엉덩이를 툭 친다 낯익은 어머니와 함께
머리가 허옇게 센 아버지가 거기 서 있다.

시작 메모

여동생들이 후적후적 걷는 내 모습을 보고 아버지를 보는 것 같다고 할 때
가 있다. 정말 그런가. 아버지가 보고 싶으면 나도 거울 앞에 서서 늙어가
는 내 모습을 바라본다. 아내는 거울을 바라보는 내 모습도 아버지 같다고
한다.

아버지는 옛날 사람

장석주

옛날이 간 세월이 아니라 오는 세월이면
아버지는 돌아올 사람, 지금 돌아오는 사람,
가는 것은 세월이고,
지금 문고리를 잡고 있는 나다.

아버지가 문밖에서 헛기침을 한다.
문 안 것들은 다 슬픔으로 뚱뚱해진다.
금생은 문을 여닫는 일로 바쁘다.
이쪽과 저쪽으로 갈라지는 금생,
이쪽은 저쪽을 망각하고 저쪽은 이쪽을 기억한다.
아버지와 나는 옛날 사람,
옛날은 마른 시간,

조금과 보름 사이로
바닷물이 육지를 밀며 들어오는 것은
우리가 나이를 먹는 탓이다.
모란꽃을 모른 채 모란꽃밭 위로 나는 나비 몇 점들,

옛날은 자꾸 돌아와서
또 옛날 속에서 저문다.

아버지는 젊은 옛날 사람,
아버지, 아버지, 나는 자꾸 늙어요,
저 거울로, 저 무릉으로 밀려 들어가요,
아버지는 무지개같이 젊어서 돌아오고
하늘의 거울로 떠서 늙어가는 우리를
낱낱이 비춰내는 것이다.

시작 메모

나는 사춘기 이후 아버지와 오랫동안 불화했다.

아버지와 나는 세상을 사는 방식이나 이상이 달랐다고 생각했다.

아버지는 10여 년 전 돌아가셨다. 그 뒤로 아버지는 내가 미처 완성하지 못한 문장이었다.

지금도 그 미완성인 원고를 마저 쓰기 위해 고심한다.

아버지는 젊은 옛날 사람,
아버지, 아버지, 나는 자주 늙기요,
저 거울로, 저 무릎으로 밀려 들어가오,

덩굴식물

정한용

이름도 모른 채 키워온 덩굴식물이
시름시름 앓더니 겨우내 죽었다. 죽었다 단정하기 어렵지만
봄에도 싹이 오르지 않으니 내버릴 구실이 생겼다.
긴 세월의 무게가 얹혔는지
이토록 화분이 무거울 리 없는데, 내 힘으로 감당하기 힘들다.
겨우 카트에 실어 비틀비틀 뒤뚱뒤뚱 옮기는데
문을 나서다 줄기 한 마디가 톡 부러진다, 자진한 듯하다.
떠나기 싫어 흔적 하나라도 남겨두려는 속셈
어느 생인들 두껍게 간이 배지 않은 게 있으랴.

아파트 담장 아래 흙을 묻는다.
화분 속에는 고운 흙만 있는 게 아니었구나.
계략인지 음모인지, 흰 스티로폼 조각들이 잔뜩 뒤섞여 있다.
바싹 마른 줄 알았던 흙도 적당히 따뜻하게 젖어 있다.
더욱 놀라운 건, 아, 아직 죽은 게 아니었어.
여린 실뿌리들이 스티로폼 사이사이 미세하게 뚫고 들어가
지난 삶의 기억을 촘촘히 새기고 있다.

불규칙 프랙털 문양의 상형문자를 쓰고 있다.
감히 날 버려, 이 잡것들이.

아버지는 그렇게 돌아가셨다.
지워지지 않을 애증의 기록을 남긴 채, 어머니 곁에 누우셨다.
한 해만 지나도 닥나무 찔레 뒤섞여 숲을 이루는 곳,
어무이, 이젠 덜 심심하시겠어요.
덩굴 아래 늘 축축하게 젖어 있는 곳, 오래 묵혀둔 거기,
내 몸 마디마디 뿌리내린 흔적을 지울 수가 없으니
그곳이 내가 쉴 자리이다.
스티로폼처럼 바람구멍 숭숭 뚫린 몸이 되어, 머잖아 나도
느직이 따라 누울 것이다.

시작 메모

아버지의 마지막을 보지 못했다. 수년 전 어머니가 가셨을 때도 그랬다. 이
제 두 분이 다시 만났으니, 지금쯤 내게 못 한 말을 서로서로 나누고 계실
것이다.

내 몸 마디마디 뿌려버린 흔적을 지울 수가 없으니
그곳이 내가 쉴 자리이다.

아버지의 수염

정호승

내일 죽을 아버지의 수염이
오늘 아침에도 자란다
내일 아침에 죽을 아버지의 턱수염을
오늘 아침에도 정성껏 깎아드린다

아버지가 돌아가셨다
돌아가신 아버지의 수염을 깎아드린다
흐르는 수돗물에 면도기를 깨끗이 씻고
마지막으로 울지는 않고

아침마다 아버지 면도를 해드린 일이
아버지가 살아 계신 일이었음을
밤새워 돋아난 아버지의 수염은
아버지의 가난한 눈물이었음을

눈 내린 들판에 내려앉은 마른 솔잎 같은
아버지의 수염이 눈보라에 흩날린다

소나무의 잎이 가시가 되기까지
수없이 눈물로 지새운 밤이 있었다

시작 메모

　돌아가실 때까지 아침마다 아버지 면도를 해드렸다. 지금은 후회하지만 어
떤 때는 해드리기 싫을 때도 있었다.

하차(下車)

최정용

그해 겨울 아흔의 노구(老軀)가 쓰러졌다
칠순의 아들 네 명이 모였다
어찌할 것인가
"집으로 모시자"
장자(長子)가 방을 헐었다
병상에서 쓰던 침대를 고스란히 모셔 왔다
그 후 4년, 칠순의 아비들이 구순의 아비를 번갈아가며 모셨다
타지(他地)의 내 아비는 5일에 한 번 네 시간 버스를 타고
할아비의 머리에 이마를 맞댔다
미음 300그램, 대변 200그램
병상일지는 그렇게 채워졌다
열반에 든 부처처럼 뼈는 가죽을 빨아들이고
눈조차 희미해진 어느 날
"정용이 왔나?"
생육(生肉)이 빚은 마지막 소리
젓 같은 곡(哭)들이 비렸던 5일장(葬)
부지런한 삼베들이 음식을 나르고

게으른 종자들은 술잔만 부딪던 여름
거죽 걷어 흙으로 돌아간 하관(下官) 길
"그대들은 이제 고아(孤兒)네"를 읊조리며
한 칸 한 칸 오르는 길을 보네
내릴 문은 왼쪽일까, 오른쪽일까
천상의 목소리만 기다리는 삶이
그리 쓸쓸하지 않은 건
누구나 종착역은 있기 때문

할아비와 아비와 내가 겹쳐지는
하늘 가는 길
어느 문으로 내리라는 말인가, 묻고

시작 메모

조부 눕고 4년! 칠순의 아들 4형제는 번갈아 아비를 모셨다. 며느리들은 범접하지 못했던 소도(蘇塗)였다. 내 부친도 대관령 넘어 춘천에서 강릉으로 군말 없이 갔다가 왔다. 하룻밤에도 몇 번씩 기침 소리를 챙겼으며 대소변의 무게를 기록했다. 효를 말해 무엇하리. 부친의 형제들께 책 한 권 드릴 수 있어 효를 대신한다면 다행이다.

속죄

최 준

아버지 돌아가신 그해부터
나는 벽이 되었네
갈아 끼운 건전지의 힘으로 흐르는 물소리와
낡은 자동차 엔진 소리가 거기 섞여 들었네
한 번도 궤도를 벗어난 적 없던 아버지의 삶
문 열고 나가고, 문 닫고 들어오고
문 열 때 바람 불고, 문 닫을 때 비가 내렸네

나 어려서, 너무 어려워서
읽어내지 못한 내력들이 먼지로 쌓이던 집
뒷산 나무들이 무성하게 자랄수록
어두워, 그늘 짙어지던 봉당에서
침묵으로 피어나던 꽃들의 계절 너머로
아버지의 일생을 등짐 진 상여가 떠나고

떼어 온 벽시계는
또 다른 벽이 되어 아침과 저녁을 윤회하네

괘종이 울릴 때마다
먼 유년의 낭하로 사라지는 아버지
물소리로 흘러 둥근 바퀴로 구르다가
돌아와, 다시 화석이 되는
아버지의 하루

나, 아이처럼 엎드려 우네 시계를 멈추네
그래도 시간은 흐르겠지만
이승의 꽃은 여전히 피고, 또 지겠지만
바랜 기억의 벽 속에서
오늘을 웃고 있는 어제의 아버지
촛불 불꽃처럼 다시 피워낼 수 없어서 우네
어제도 그제도 단 한 순간도 나
당신 자식 아니었으니
해마다, 오늘 밤마다
더 버릴 것 없는 빈 주머니에 아버지를 숨기네
아버지 없는 날들을 미물 소리로 우네

시작 메모

　아버지는 이름이 아니다. 생전에 한 번도 이름 불러보지 못한 아버지의 이름을 내가 가지고 산다. 외부에 계시다가 지금은 너머에 계시는 아버지의 이름은 아픔이거나 슬픔이다. 지난 시간 속에는 영원한 타인이었던 아버지의 시계가 있다.

아버지

함민복

등에
번지는
오줌의
온기에
미소
번지는
입으로
아가!
하며
뒤돌아보았을
지금은
먼
당신

시작 메모

생인손을 앓았다. 나를 업고 용하다는 점쟁이를 찾아 이웃 마을로 가다가 고갯마루에서 피고름을 빨아 뱉던 아버지가 생각난다. 나는 아버지를 업어 준 기억이 없다.

세상에서
가장 아픈 이름

배는 묵어 타고 집은 사서 들라

고두현

배는 묵어 타고
집은 사서 들라

모시밭 한편에 집 앉히고 나서
아버지 말씀하셨지

젊은 날 북방까지 짊어지고 간 집들
하나둘 허물어지는 것 볼 때마다
가슴속 기둥 들보 쓰러지는 것 볼 때마다
주추 다시 박으면서 한사코 놓지 않던 그것

개간밭 벌목장보다 더 힘겨운 게
쓰러진 집 일으켜 세우는 것이라고
몸 다 잃고 돌아온 고향에서도
끝내 버리지 못한 그것
볏짚 지붕 이으며 또 한 말씀 하셨지

집도 절도 없이 헤매던 시절
더부살이 눈물겨운 나는
그 속 모르고 고비마다 맨땅에 삽을 박고
빈터만 보면 집 짓고 싶어
셈도 없이 무모한 삽질을 하고

오늘도 아버지 것보다 무거운 기둥
힘겹게 밀어 올리는데
꿈엔 듯 모시밭에선 듯
다시 들리는 정수리 경전

그러니 배는 묵어서 타고
집은 꼭 사서 들어라
물이 새면 배 가라앉고
몸 상하면 집도 곧 무너지느니.

시작 메모

큰집 모시밭 한 귀퉁이에 초가집을 짓고 나서 아버지는 몸져누웠다. 할아버지 돌아가신 뒤 가산을 정리해 북간도로 갔다가 뜻은 하나도 못 이루고 몸까지 상한 채 낙향한 직후였다. 얼마 못 가 우리 식구는 그 집을 떠나 남해 금산의 작은 암자에서 더부살이를 했다. 집도 절도 없던 소년기의 결핍 때문이었을까. 나에게 집은 가옥 이상의 특별한 의미였다.

그 바람에 세상 물정 모르는 젊은 나이에 집을 짓다가 말할 수 없이 고생했다. 그때 생전의 아버지 말씀이 경전처럼 정수리에 꽂혔다. 경솔하게 하지 마라. 집은 네가 짓는 게 아니다. 목수가 짓는 거다. 함부로 덤비면 마음 상하고 몸 버린다. 새 배 타기 전에 물 샐까 염려하듯, 새 집 들기 전에는 심신의 고초를 염려하라.

새벽에 잠이 깨어

공광규

전날 술을 마신 것도 아닌데
새벽에 잠이 깨서 다시 잠이 오지 않는다
학교 근처로 방을 얻어 나가 사는
아들과 딸 생각이 자꾸 난다
자식들도 내가 젊었을 때처럼
잡히지 않는 미래와
불안을 덮고 잘 것이다
밖에는 고양이가 새벽을 울고 간다
직장에서 쫓겨나
밤이슬을 맞으며 불 꺼진 자취방을 찾아가던
내가 생각나서 안쓰럽다
갑자기 기침이 난다
평생 기침이 심해서
무를 달여 먹고 배를 삭혀 먹던
서늘한 아버지 기침 소리를 닮아서 놀란다
아버지도 이렇게
집을 나가 사는 나와 동생들을 생각하면서

새벽잠을 뒤척였을 것이다

시작 메모

　떨어져 사는 자식들을 생각하다가 가끔 잠을 설칠 때가 있다. 자다가 새벽에 깨어 한참 생각을 하다 보면 잠이 안 올 때도 있다. 20대 초반의 자식들도 잠히지 않는 미래 때문에 이것저것 생각이 많을 것이다. 이런 밤이면 기침이 심했던 아버지 생각이 난다.

파묘(破墓)

김정수

남의 선산에 누운 10년을 세상 밖으로 건져 올렸다.

살을 다 빼 먹은 뼈가 싯누렇다.

목을 짓누르던 암(癌)도 사라지고
흙에 이빨 박은 몰락도 기억하고

미처 태우지 못한 문장을
강의 지느러미 곁에 방생하였다.

한동안, 햇빛을 달리니 동해였다.

손을 씻고,
생선구이를 시켰다.

길의 속도로 젓가락을 세우고
등 푸른 가슴을 열자

살을 다 내려놓은 뼈가 보였다.

나 여태,
아버지의 살을 발라먹고 있었다.

시작 메모

척하며 살지는 않았는데, 요즘 '척지다'라는 말을 실감한다. 다 내 그릇이
그만하기 때문이다. 내가 태어난 것만으로도 세상에 빚진 것이다.

아버지

김태형

어둠으로 들어가는 입구를 찾으려 했는지
팔 하나가 형광색으로 창백한 허공을 힘겹게 더듬음
마취에서 풀려나오는 몸을 덜어내려고
뻣뻣한 목을 주억거림
바깥으로 나오지 않는 통증이
상체를 비틀어놓음
하얀 천 밑으로 앙상한 엉덩이가 드러나도록
어둠이었어야 할 내부가
환하게 더욱 악착같이
온몸에 들러붙음
여기가 어디인지 두 눈을 커다랗게 뜬 채
어둠이 아니라는 것을 깨닫자
고통스러운 몸뚱이만 남음
형광색의 허공을 찢어서라도
어둠으로 돌아가야 하는데
잘라낸 대장처럼 구불텅한 몸 하나만 남음
허공에 들어 올린 손길을 잡자 쪼그라든 허파로 숨을 쉬듯

아들의 이름을 부름

그제야 고통이 신음 소리가 됨

잘라낸 내부로 한 자락 허공을 끌고 들어가려고 몸부림침

시작 메모

나는 그의 아들이지만, 나는 곧 그가 될 것이다. 나 역시 허공을 찢고 빛 속
으로 기어 나오려고 몸부림칠 것이다. 다시 태어날 것이다.

먹이의 세계

박지웅

쌀끼리 교배해서 자꾸 쌀벌레를 낳았다
마루에 목구멍처럼 좁은 햇볕이 들면
우리는 신문지를 펴고 묵은쌀을 쏟아부었다
쌀과 살을 섞던 구더기들이 먹이를 밀치며
허겁지겁 먹이의 세계 밖으로 달아나고 있었다
아비와 나는 서로 배를 쿡쿡 찌르며 나가 죽어라 했다
입과 배밖에 없는 밥벌레 둘이
눈에 불 켜고 쌀벌레를 내쫓으며 즐거웠다
이 집안에는 밥벌레가 너무 많아요, 빌어먹을!
헛헛한 농담에 아비는 쌀벌레 같은 눈물을 흘리다
킥킥거렸다, 투명한 배를 내밀면서
너무 오래 킥킥거려 반성문처럼 들리기도 했다
쌀알들 뭉쳐 가난한 쌀집을 만들고
징그러운 몸이 익을 때까지 그 안에서 살을 빚던
밥벌레들은 이제 어디로 가야 할까요
쌀의 자갈길을 지나 와글와글 쌀의 능선을 넘어
퇴직금도 없이 쫓겨나는 저 좆만 한 아비들을 보세요

나는 한 톨밖에 안 되는 그림자를 끌어안고
손가락으로 쌀을 쿡쿡 찌르며 아비에게 물었다
아비는 말없이 흰 목덜미로 쌀을 밀치며
나를 향해 아름답게 기어오고 있었다
우리는 배를 밀며 햇볕이 없는 곳으로 들어갔다

시작 메모

당신은 평생 공무원으로 살았다. 일곱 시에 출근하고 일곱 시에 돌아왔다.
삶의 시계가 저녁 일곱 시쯤 되었을 때 당신은 퇴근했다. 생각하면 너무 이
른 퇴근이었다. 참 정확하고 재미없는 당신.

워워

박철

네 에미가
쇠풀 뜯어봤단 얘긴 초문이다
그러니 영 없는 집은 아니었나 보다
미련하기는
진즉 알았으면 덜 구박을 받았을 텐데

쇠풀 뜯어 먹여야 한다며
워워 시장통을 헤매다 끌려온
치매 앓는 어머니
베란다 깨진 의자에서 아버지 처음으로
늙은 소 되어 처음으로 워워
눈가를 훔치시는 아버지

시작 메모

내 아버지의 실제 모습은 아니다. 그러나 누구든, 또는 언젠가, 모든 아버지
의 미래에선 워워 소 모는 소리가 들릴 것이다.

풍장(風葬)

오민석

정릉 산 16번지 저 밑바닥에서 아버지 니나노 소리 들려온다. 왕후장상이 누구냐 황포 돛대 출렁이듯 아버지 언덕을 올라온다. 자수하여 광명 찾자, 하루 종일 은빛 삐라를 쫓아다닌 잠자리들 산 밑에 날개를 접고, 오랜 수배에서 돌아온 아들과 삼겹살을 구워 먹으며 아버지는 말이 없다. 뼈 빠지게 가르쳐봐야 새끼들 다 소용없다던 아버지의 십팔번 레퍼토리는 밥상 밑에서 진땀을 흘리고, 고양이들은 아버지를 피해 달아난다. 그물에서 거미는 말라가고, 여기까지 왔구나, 애야, 어머니는 걱정 마라, 약은 내가 챙겨 먹이마, 비 오니 오지 마라, 늙은 매화는 또 그렁그렁 꽃을 게워낸다. 또 어딜 가시자는 거예요, 아버지. 바람 부는 저녁이에요,

시작 메모

　바람의 세월이 흘렀다. 아버지와 나의 서사(敍事)는 지금도 겹쳐지고 있다.
　같은 종점을 가고 있다. 아버지가 저만큼 앞서 있다.

아버지

오인태

아버지와 맏아들의 나이 끝이 맞으면 앙숙이 된다 했던가, 끝내 맏상제인 나는 흙 한 줌 뿌리지 못하고 아버지를 묻고 말았으니

아버지가 나를 낳은 마흔 나이를 넘기고, 머리가 굵어진 큰애가 처음으로 눈을 치뜨고 대들던 그, 날부터 꼬박 열흘을 밥숟가락을 들지 못하면서 보았다 밤마다

내 안에서 뜬눈으로 나를 내려다보고 계시는

시작 메모

위로 딸 넷으로 마흔한 살에 나를 낳은 아버지와 함께한 나날은 그야말로 부정교합(不正咬合)의 세월이었다. 자식 둘 머리가 크고, 비로소 내가 아버지가 되어서야 십수 년 전에 돌아가신 아버지께 용서를 빌며 바친 헌사가 네 번째 시집 『아버지의 집』이었다.

눈 오는 집

윤관영

소설 쓰는 아들
약으로 몸을 만든, 약체였다
소설 내렸다
월에 복사지 두 장인, 선천 과작
20년 가차이 되어가고 있다

종내에,

그 세월은 의료 픽션을 빚어내었다
논픽션의 몸이 되었다
— 경련성 질환 5급
과작은 대상을 받았다
월드컵 선수, 병역 면제감이었다

소설을 쓰고 있다, 아들은
소설 속에 살고 있다
소설 아니면 아니 되어

산 생과 살 생을 걸어, 논픽션이
픽션을 쌓고 있다

發作은,

잠복되었을 뿐
소설 내리고 있다
자발형광
바람의 체에 걸러질 그날을
소설을 살고 있다

대신
다
녹아 스몄으면 싶은, 아비
들이받아 태기치고 싶어도
그 체에는 테두리가 없다

소설 내리는 중이다

시작 메모

　아비가 죽고 나서야 애비가 된 걸 알았다. '여 어, 이눔아!' 소릴 알아먹게
되었다. 小雪家長이 되어 있었다.

연기 내뿜는 아버지

이승하

일회용 아닌 생이 어디 있으랴
인간은 한 생에 몇 개의 종이컵을 버릴까

칫솔 하나를 사 써도 포장은 쓰레기
칫솔도 몇 달 안으로 쓰레기가 된다
식물이 애써 만든 산소를
동물인 나 이산화탄소로 내뿜었지
원유를 정제하여 만든 휘발유를
인간인 나 운전하면서 배기가스로 내뿜었지
허공으로 사라져도 대기권 안쪽

중환자실에서 일반병실로 옮긴 아버지
저승에서 이승으로 방을 옮긴 아버지
— 승하야, 살짝 나가서 담배 좀 사 오너라
— 아버지, 담배는 절대 안 된다고 하잖아요
— 마지막으로 한 대만 피우자
— 안 돼요, 그럼 또 중환자실로 옮겨야 돼요

— 딱 한 대만 피우자

시원하게, 한 번은 내뿜고 싶어서일까
이라크에서 담배 물고 죽어간 부상병의 동영상
병원 침대에서 폐 앓으며 죽어가는 아버지
죽기 전에 들이마신 한 모금의 담배
그 담배가 주는 연기 같은 생애
허공으로 사라져 보이지 않게 될지라도
환하게, 한 번은 꽃피우고 싶어서일까

연기 내뿜는 아버지 얼굴, 만개한 목련 된다
화장장 굴뚝이 아버지를 내뿜는다

시작 메모

내 아버지는 애연가였다. 아버지 옆에 가면 담배 냄새가 풍겼다. 구수한 냄
새가 좋았지만 노란 손가락 끝은 좋게 보이지 않았다. 림프종으로 입원하셨
는데 사인은 악성폐렴이었다. 노후에는 담배를 끊었다. 하지만 젊은 날에
즐긴 줄담배가 아버지를 하늘나라로 모셔 간 것이 아닐까.

각시탈

이위발

이끼 낀 묘비명의 갈라진 틈 사이로
눈물 같은 이슬이
잔을 올리던 내 손을 부끄럽게 만들고
복주로 마신 술이
휘어진 아버지의 등 뒤에서
석양으로 녹아내릴 때
뿌듯이 가슴 미어져오는
마을 누각의 풍경 소리가
나를 어둠 밖으로 밀어낸다

뒷산 성황당에서
당방울이 달린 당대를 잡고
알지 못할 주문을 외며
무진생 풍산 신씨 각시탈을 쓰고
할매는 할배의 무등을 타고
이 길을 따라 들어오셨다
음산했던 당방울 소리는

갈잎의 미세한 떨림으로 남아 있고
그림자를 따라오던 달빛은
갈라진 논바닥 사이로 숨어버렸다

종갓집 마루에 켜놓은 백열등은
선술집 아낙의 붉은 입술이 되어
마당에서 벌어지던 굿판에
광대들의 목청 돋우는 소리가
환청처럼 파고들고
꿩 깃을 꽂은 지주들은
하늘의 두려움 때문인지
소를 죽인 백정에게 삿대질할 때

산전수전 다 겪은 할미탈이
넋두리로 생을 마감하면
잡귀와 잡신을 쫓아내던
그때의 광대들은 다 떠나고

할배의 눈을 닮은 소년만이
소를 끌고 마을로 들어설 뿐
솟대 같은 당산나무 줄기엔
눈물만 흘러내리는데

시작 메모

아버지는 이 세상에서 말을 아끼셨다. 아버지의 언어는 굽은 등이었다. 마
지막 선비로 사셨던 할배, 종갓집 주손으로 사시면서 행동이 말이었다.

세상에서 제일 아픈 이름

이재무

떠올릴 때마다 횡경막 근처로
회한의 피가 몰려오는 듯
가슴 위아래가 까닭 없이 묵직해지고
답답해지는, 살았을 적엔 살붙이로
따뜻한 정 나누지 못했던,
일자무식에다가 술주정 심해
가급적 그 언저리에도 가고 싶지 않았던,
무능하고 고지식해서 오직 당신의 육체만을
생계의 수단으로 삼아야 했던,
우여곡절과 파란만장과 요철의 생
마감할 때까지 태어나 자란 곳
벗어나지 못했던,
내게 가난과 다혈을 유산으로 물려주신,
온몸을 필기도구 삼아 뜨겁게,
미완의 두꺼운 책 쓰다 가신
세상에서 제일 아픈 이름
아버지!

당신에게 진 빚 다 갚지 못한 나는
크게 병들었는데 환부가 없습니다

시작 메모

아버지는 감정이 풍부한 분이셨다. 워낙 배움과는 거리가 멀게 살아와서
그렇지 제대로 배움의 길로 들어섰다면 아마도 예능 쪽으로 재능을 발휘하
며 살지 않았을까 할 정도로 사물과 세계에 대해 예민하고 날카로운 감정
과 예지를 보이곤 하셨다.

당신이 주신 빈곤과 무능과 열정을 오브제 삼아 알량하나마, 문단 말석에
시인이라는 명패를 등재하게 되었으니 이 어찌 감사한 일이 아니겠는가. 아
버지, 거긴 어떠신지요? 여긴 그럭저럭 견딜 만합니다. 그럼 30년 후에나 뵐
까요?

온몸을 덥기도구 삼아 뜨겁게,
미안의 두꺼운 책 쓰다 가신
세상에서 제일 아픈 이름
아버지!

국수

이재훈

국수를 좋아하셨다.
그것뿐이다.

성실한 교사이자
건축노동자이자
노인들의 벗이자
신의 뜻에 결박당했던
당신은
물리도록 국수만 드셨다고 한다.

칠십이 넘어
집 한 칸 겨우 마련해 이사하는 날.
부스러질 것 같은 누런 원고뭉치들이
책장 깊숙한 곳에서 쇳소리를 냈다.
원고에는 나와 닮은 청년이 울고 있었다.

젊었을 때 소설도 쓰셨어요?

아버지는 후루룩 국수를 드셨다.
몇 젓가락이면 금세 비워지는 국수처럼
아련한 청춘이 빨리 비워지길 바라신 것일까.
늦은 오후 당신의 삶이 국수처럼 말려 올라갔다.

국수를 좋아하셨다.
지금껏 내가 아는 것은 그것뿐이었다.

시작 메모
　아버지가 은퇴하셨다.
　집을 정리하다가 아버지의 청춘과 만났다.

유예기간

이철경

파고다공원에는 비둘기만큼이나 많은
역전의 용사들이
과거를 쪼며 하나둘씩 모여든다
허름한 국밥집 낮술 한잔에
저렴한 논쟁이 벌어지고
하루에도 수차례 견고한 성이 쌓였다
허물어진다
닳아서 더 깊이 파인 치아와
추위에 대처하지 못한
남루한 몸뚱이
이미 절반은 죽어 있는 뇌세포는
알코올중독에 새벽마다 발버둥 치는 육신의 슬픔,
더는 아깝지 않을 영혼을 담은 껍질은
날로 거추장스럽고 불편하기만 하다
노인들은 왕년을 들먹이며
멱살잡이를 하다가도
덜거덕거리는 틀니 같은 시간에

글썽인다

세월에 왕창 빠져버린

서글픈 사랑,

시작 메모

　어떤 아버지의 모습은 때로는 너무나 힘든 현실을 살아가고 있음을 보여주
고자 했다.

냉면집에서

장석남

열두어 살
뜨거운 여름 방학 어느 날 화수동
시장통에서 나에게는 반의반도 못 먹을 세숫대야의 큰 냉면
을 시켜주고
아버지는 작은 짜장면을 시키시고

아버지는 중학교 졸업장도 없어서
일 할이 안 되는 생존의 전방으로만 끊임없이 도살장에 가듯
묶여 갔다고

그러니까 겨우겨우 살아 나오면 다시
그런 것들끼리 묶어서 전방으로 보냈다고……
살아 나오면 또 남은 것들 묶어서 보냈다고…… 끊임없이 보
냈다고…… 어떻게 그럴 수 있느냐고…… 기막힌 표정으로……
숨이라도 쉬다 죽는 포병이라도 되고 싶었노라……
울려다가 말았네

나도 아버지가 되어서

열 살 남짓 아들 둘과 을지로의 이름난 냉면집에 가서는

이번엔 아들과 동등한 냉면과 삶은 고기까지 시켜 먹으며

그러한 옛날이 있었노라 속으로

생각했다네.

시작 메모

나중 얘기지만 매번 6·25 기념일이 되면 전쟁 영웅이라고 백선엽이라는 사람도 나오고 하는데 허…… 우리 아버지는……? 그런 생각이 들면서 우리 아버지도 그이처럼 만주 군관학교를 갔다면 영웅이었을 것이다…… 가난해도 가난을 탓하지 말고 제 앞길을 개척하여 갈 수는 있었다는데…… 하는 생각이 간절한 것이다. 못나디못난 아버지여. 자식들에게도 기림을 못 받는 아버지여. 영원토록 쓸쓸하소서. 애국은 무슨 애국…… 신은 무슨 신…… 불멸의 쓸쓸함이여…….

그해 겨울

전윤호

읍내에 하나뿐인 의사가 위독했다
폭설에 밖으로 나가는 기차는 끊기고
집집마다 독감이 번졌는데
병원 문은 굳게 닫혔다
막내가 이십이면 다 큰 거라고
술잔을 넘겨주던 아버지는
무엇이 아쉬워 의식도 없이
한 달을 버텼을까
저승 문턱에 걸려 비틀거리던 숨소리
끊어질 듯 이어지던
천식으로 길러낸 자식들
한 번도 사랑한다고 말하지 못한
내 마을엔 여전히 폭설이 내리고
하나뿐인 의사가 위독하다

시작 메모

　아버지 제삿날이면 이상한 일이 생겼다.

　절을 할 때마다 누군가 중얼거리는 소리가 들리는 것이었다.

　아쉽구나, 아쉽구나.

　요즘도 가끔 들린다.

아버지의 담배포

정병근

아버지께서 담배포를 접으셨다
자꾸 정신이 희미해진다고 하셨다
좀도둑들에게 담배를 자주 잃을 뿐 아니라
여든이 넘은 연세에다 하루 서너 갑 팔자고 계속할 수는 없었다
농사를 지으시다가 서른 말미에 시내로 와서 점방을 시작하
셨으니
무려 40년이 넘는 파란을 간직한 채
아버지의 담배포는 역사의 뒤안길로 사라졌다
죽음만 장렬한 것은 아니다
텅 빈 담배통에 다시는 담배가 꽂히지 않을 것이다
서너 평 가게의 진열대에는 과자 대신
조화(造花) 화분 몇 개를 놓아두셨다
나는 조화가 조화(弔花)만 같아서 울적하였지만
시들지 않아서 좋다 하신다
아버지는 인생의 반 이상을
방문에 달린 중간유리를 통해 세상을 내다보셨다
저 문을 통해 반가운 얼굴들이 왔고 내가 왔고, 갔을 것이다

아버지의 소원과 포원은 무엇일까

성공하지 못한 나는 다 알면서도 모른다

가문은 없고 뼈대만 소복하다고 어느 시에 쓴 적이 있다

아버지의 방문이 퀭하게 나를 보고 있다

아버지는 이 집에서 할아버지 할머니를 보내시고

풍 맞은 어머니를 10년 가까이 수발하시다가 또 보내셨다

연륜이란 사람을 보내는 것

아버지는 숱한 일가친척들을 일일이 다니며 보내셨다

혼자 사시는 아버지는 여전히 생활이 궁핍하시다

왜정시대, 8남매의 맏이, 보릿고개, 6·25……

새벽밥과 20리 학교 길은 언제 적 유물인가

나는 파충류처럼 부들부들 떨면서 아버지께 반기를 들었었다

그토록 고수하시던 담배포에 엄청난 비밀이라도 있었으면 좋
겠다

당신만의 슬픔이 있겠지 콤플렉스도 있겠지

국립묘지 납골당 항아리에 갇히기 싫다 하시며

먼저 가신 어머니의 유골과 함께 어디 높은 산에 뿌려달라 하

신다
　나도 이제 남들처럼 아버지를 그리워할 수 있을 것 같다
　백마야 우지 마라 사무치는 노래를 부를 수 있을 것 같다
　밀린 불효를 한꺼번에 던져주고 돌아가실 아버지, 나의 아버지
　당신이 살아계시는 동안 나는 매몰차고 눈물 없는 속도주의자
　아버지는 담배포를 그렇게 접으셨다

아버지는 8남매의 맏이시다. 젊으실 때에는 조부모님 아래 대가족을 건사
하느라 눈 코 뜰 새 없이 바쁘셨다. 어머니는 열여섯 살 어린 나이에 시집오
셔서 함께 고생을 보태셨다. 고생은 노동의 다른 말이다. 우리 형제들(4남
매)까지 합쳐서 무려 열다섯 식구가 한 지붕 아래 살았다. 할머니와 어머니
는 그 많은 호구를 먹이시느라 밭을 매고 불을 때고 호롱불 밑에서 길쌈을
하셨다. 삼촌들은 농사일을 도왔고 어린 나는 자잘한 심부름이나 하며 뛰
어놀았다. 아버지는 우리 형제들을 남의 자식처럼 멀찌감치 보셨다. 문중과
할아버지의 눈치도 살펴야 하고, 가계를 돌보아야 하는 사명감이 더 크셨던
것 같다. 아버지식 리더십이었던 셈이다. 국민학교 3학년 때 부모님은 경주
시내로 와서 과자방을 차렸다. 가게에 딸린 방이 좁아서 우리 형제들은 부
근의 월세 방에서 기거하며 학교를 다녔다. 나중에 주택가로 이사를 하면
서 집 한쪽을 터서 점방을 내고 담배포를 들였다. 그동안 삼촌들은 뿔뿔이
흩어졌고 아버지는 연로하신 조부모님을 고향에서 모셔 왔다. 여전히 아버
지는 우리 형제들에게 다정하지 않으셨다. 엄한 권위 속에 가문과 뼈대와
예절과 공부와 출세 등을 추궁했을 뿐. 나는 점점 크면서 아버지에 대한 반
감을 가졌다. 사랑받지 못한 것에 대한 미움이었고 아버지의 초라한 생에
대한 환멸로 이어졌다. 그렇게 시작된 나와 아버지의 간격은 좀처럼 좁혀지
지 않았다. 지금까지도. 아버지는 무릎을 세우시고 기침으로 자식에 대한
섭섭함과 불편함을 대신하셨다. 그리고 아, 아버지는 풍으로 쓰러진 어머니
를 10년 가까이 간병하신 끝에 보내셨다. 이태 전에는 자전거를 끌다가 넘
어지셔서 고관절 수술을 받으셨고 지금까지 요양병원에 계신다. 자주 찾아
봬야 하는데 전화도 잘 안해지고 잘 안 받으시고 가끔씩 뵈어도 애써 덤덤
한 척한다. 아니 강한 척한다. 다른 사람에게는 온갖 친절한 말을 하면서도
아버지한테는 왜 아양이 안 떨어지는지 모르겠다. 가난한 자식이 헤헤거리
는 것도 미울 것이다. 아버지.

곁

조현석

여러 번 당신에게 갔지만 눈을 마주쳐주지 않는다

초점을 잃은 시선은 늘 먼 곳을 향해 있다

이름 모를 새소리 들려오는 병상 끝 창밖의 세상

치매(癡呆) 꽃 검게 핀 나뭇가지에 걸어둔 시선을 본다

황급히 새가 떠난 듯 가지 끝의 시선도 연신 흔들린다

평소 돌보지 못했던 당신 곁에 벌서듯 오래 서 있다

살아온 기억을 지우는 알츠하이머의 방문들이 하나씩 닫힌다

어느 방문 앞에서는 피멍이 들 때까지 주먹을 두드린다

한 시절의 추억이 삭제된 문턱은 이미 넘었는지도 모른다

수없이 되돌아올 수 있었던 시간들도 점점 짧아져만 간다

스핑크스의 질문에 답변 못 한 몸은 앙상하게 뼈만 남겨진다

마른 장작처럼 타오를 그날, 당신의 후생(後生)을 떠올린다

시작 메모

    감악산 밑의 노인전문병원에 입원해 있는 아버지를 뵈러 간다. 반년이 지났을 즈음 신체기능이 떨어져 식도로 음식을 넘기지 못해 이젠 뼈에 살가죽만 붙어 있다. 알츠하이머와 치매가 아니어도 이번 생의 기억이 점점 지워지는 것이 느껴진다.

아버지

최돈선

일제 강점 시대 아버지는 동네 리서기를 했었다

6 · 25 한국전쟁 때는 경찰이 되어 최전방에 있었다

우리 가족은 아버지의 전근지를 따라 자주 옮겨 다녔다

엄마는 아버지의 월급봉투를 믿을 수 없었다

그래서 조그만 가게를 차렸고 나날이 번성했다

수완가인 엄마의 수입은 아버지 월급의 스무 곱이 넘었다

당연히 아버진 경찰관 옷을 벗고 한량이 되었다

매일 밤 아버지는 동료들과 담배를 피웠다

아버지의 방은 구름으로 가득 찼다

아버지의 친구들은 서로가 서로의 돈을 사이좋게 주고받았다

아버지와 아버지의 패거리는

화투 속 열두 달을 투닥투닥 재미나게 잘들 놀았다

그러노라니 아버지의 주머니가 가장 많이 비었다

웬일인지 엄마의 가게도 시름시름 기울어 일어나지 못했다

아버지는 아버지의 동생인 내 작은아버지의 제재소로 갔다

아버지는 매일 원시림으로 들어가 백 년도 넘은 거목을 잘랐다

쿵쿵 산이 울었다

송진 묻은 소나무는 둥근 톱날에 잘려

기둥이 되었고 서까래가 되었다

우린 그 집에서 살았다

어느 날 아버지는 어디론가 떠나 돌아오지 않았다

몇 년 후 아버지는 둥근 영화 필름을 트럭에 가득 싣고 왔다

그 필름 속엔 춘향이 최은희가 보였고 마부 김승호도 보였다

밤이면 아버지는 간이 천막을 치고

네모난 흰 천에다 김지미와 최무룡을 불러냈다

그들은 울고 웃고 사랑하다 헤어졌다

매일 밤이 똑같았다 그들은 울고 웃고 사랑하다 헤어졌다

아버지의 영화 이야기는

산골짜기 깊은 곳까지 아득히 메아리쳐

아버지의 파산을 전해왔다

아버지는 돌아와 오래오래 드러누워 담배를 피웠다

방 안은 구름이 둥둥 떴고

아버진 구름 타고 산 넘어 흘러갔다

외로웠던지 요령 소리도 불러내어 함께 갔다

아버지 없는 빈 공간은 나를 아버지로 분장시켰다

나는 탈 쓴 아버지 행세를 지금까지 훌륭히 해왔으나

떠난 아버지는 돌아오지 않았다

언젠가 나는 아버지를 찾아 산과 강을 넘을 것이다

여기에서 난 할 일이 별로 없다

시작 메모

내 아버지는 예순도 안 되어 일찍 떠나셨다. 나도 아버지가 되어 떠날 텐데 사실 떠난 아버지가 어디에 계시는지 난 알 길이 없다. 나도 떠나면 내 아들이 또 아버지가 되어 아버지 행세를 할 것이다. 난 아버지가 누구인지 무엇을 하는 사람인지 알 수 없다.

성자의 길

홍사성

살아서는
논매고 밭 갈고
등짐 나르고 달구지 끌고
자식도 몇 남 몇 녀씩 낳아 기르고

죽어서는
피와 살을 내놓고
뼈는 사골국으로 끓이고
가죽은 구두와 가방 만들게 하고

부처도 예수도 걷지 않은 길
마른 눈물 참으며
혼자 걸어간
소보다 더 소 같았던

눈 뜨고 보면 절망
눈 감고 생각하면 또 그리운

아버지

시작 메모

아버지보다 내 나이가 더 많다. 어렸을 적 밥상 앞에 앉혀놓고 물고기 살을 발라주던 때를 생각하면 그리움이 안개처럼 온몸을 휘감는다. 이젠 내가 자식들을 위해 달구지를 끌어야 할 차례다. 나는 어떤 피와 살과 뼈를 나눠 줄지, 생각하면 아직 멀다.

.

부처도 예수도 걷지 않은 길
마른 눈물 참으며
혼자 걸어간
소보다 더 소 같았던
아버지

아버지의 기일

황정산

아버지가 돌아가시고
집을 고치지 못했다
말뚝 하나 박지 못했다
세상도 바꾸지 못하고
꽃과 노래만을 바꾸어 찾아다녔다
바꿈질 때문에 집이 망했다고
어머니는 항상 말씀하셨지만
알 수 있었다
바꾸지 않으면 견디기 힘들었을 아버지의 팍팍한 시간들을
아버지의 기일들이 하나씩 지날수록
지킬 것은 사라져가고
지금 나는 폐허의 한복판에 서 있고
물길은 말라 흐르지 않는다
모든 날들이 다 기일이다

지금 나는 폐허의 한복판에 서 있고
물길은 말라 흐르지 않는다
모든 날들이 다 기일이다

시작 메모

아버지는 성실하셨지만 무능하셨다. 그 무능이 나를 철들게 했다. 하지만
아버지가 돌아가시고 아주 오랜 시간이 지났을 때 그 무능이 나를 살리고
황폐한 시간들을 견딜 수 있게 해주고 있다는 생각을 한다.

아버지는 과학선생님이었다

김도언

아버지는 과학선생님이었다
아버지는 한 번도 축구선수가 아니었다
아버지는 사막의 여행자도 아니었고
아버지는 불을 끄는 소방수도 아니었다
아버지는 조금도 가수가 아니었다
아버지는 파리하고 소극적인 과학선생님이었다
아버지는 겨울의 나비처럼,
혹은 동굴 속의 붕어처럼 좀처럼 관찰되지 않는 과학선생님이
었다
해부되지도 않고 보고되지도 않는,
이상한 과학선생님이었다
아버지는 우주비행사가 아니고,
만두와 김밥을 파는 평화분식 사장님도 아니고
심지어 군인도 아니었고
나에게 아무런 기쁨이나 슬픔도 주지 않는 과학선생님이었다
그의 아들로 태어난 나는
아무에게도 기쁨도 주지 않고 슬픔 또한 주지 않는다

이것은 참으로 낯선 과학이다
아버지는 택시드라이버도 아니었고
아버지는 어부도 아니었으며
아버지는 가장 비과학적인 과학선생님이었다
내가 아는 한 그는 자신의 교실에서
희망, 사랑, 비극, 농담을 가르치지 않았다
그 점에서 그는 가장 과학적인 과학선생님이었다.

시작 메모

아버지는 수상한 사람이었다. 식솔들에게 아무것도 강요하지도 않고 무책
임하지도 않았지만, 너무나 수상해서 존경할 수는 없는 사람이었다. 수상
한 아버지를 둔 아들은 너무나 일찍 권태주의자의 길을 걷게 되었다. 모두
가 그의 뜻이겠지.

지붕

김성규

나의 죄를, 허물을 너에게 덮으니
하나의 지붕이 만들어졌다
지붕 아래서
아버지, 어디로 갈까요

지붕을 버리고
빗물에 밥 말아 먹으며
어디로 갈까요
집을 떠나
허물을 벗는 나무 사이로
걸어도, 술처럼 흐르는 비

이 세상 어디에도
걸어도 걸어도 멈추지 않는 비
하늘을 본다
눈물 흘리며
깨진 기왓장 같은 허물을

내 머리 위에 씌워주는 아버지

아버지를 벗어나고 싶어 많은 방황을 했다. 그러나 아버지가 씌워준 마음
의 지붕이 아니라면 그 많은 슬픔을 어떻게 견뎠으랴.

새벽의 꿈

김완하

새벽은 숫돌에서 푸르게 빛이 섰다
어둠 속에서 낫을 미시는 아버지 어깨가
두꺼운 어둠 벽을 무너뜨렸다
새벽 들길에 이슬 한 짐 지고 오셨다

나의 아침잠에서 깨어날 즈음
안마당에 부리시던 아버지 지게
어둠 속에서도 점점 부풀어 올랐다
아버지 뒷동산을 지고 일어서셨다

마당에 가득 풀들이 튀어 올랐다
고요한 뜰 위로 생기를 불어넣으며
집 안은 온통 풀내음에 출렁거렸다
하루가 새 길을 트고 있었다

종아리에 묻은 풀씨 쓸어내리며
아버지 베잠방이 주머니에서

샛노란 참외 두 개를 내놓으셨다
삼베옷에 쓱쓱 문질러 낫으로 깎아주시면
달고 시원한 맛 속으로 하루가 힘껏 달려갔다

시작 메모

내게는 이제 아버지도 이미지로만 남았다. 그 거대한 산봉우리가 낮게 내려
앉은 것이다. 이 시는 나에게 남은 아버지의 이미지 가운데서도 가장 밝고
힘찬 모습일지 모른다. 이렇게 나는 하루하루 아버지의 그 힘찬 새벽 기운
으로 새로운 하루를 열고 간다. 그래서 이제 아버지는 내 안에서 새롭게 태
어나고 계시는 중이다.

세빠빠 십 원 지폐

김응교

아버지 술 드시면
술 냄새 풍기는 벌건 얼굴 다가와
반드시 내 머리맡에 십 원 지폐 놓으셨네

여섯 살 나는 즐거웠지
일어나자마자 십 원 지폐 들고
병천이네 하꼬방 구멍가게로 달려가
사각형 카스텔라 덴뿌라 꽈배기 사 먹었지

구멍가게는 나니아 연대기 장롱이었어
망망한 눈동자의 나라, 저 심연이 무서워
들어가지 않고 밖에서 십 원 드밀면
어둠 속에서 동네 아이들 잠지 따 먹을 거 같은
해골이빨 할머니 사시나무 손가락 스르르 나왔지

내 기도 반드시 이루어졌어
하나님, 아버지 술 마시게 해주세요

딱지치기 구슬치기 하다가
골목길 시멘트 쓰레기통에 고사리손 모아 기도했지

아부지, 술 마시고 와라, 술 취해 와라
내 주문에 맞춰
술통 아부지
어김없이 술 취해 왔지
내 머리맡에 십 원 지폐 놓으셨지 반드시
무서운 기복신앙의 시작이었어

아버지 술 냄새
세빠빠 십 원 지폐
오늘 고무줄에 바람 넣어
플라스틱 목마 타고, 이랴
십 원 지폐 들고 달리네
쉰 살의 막내
아부지 술무덤으로 가자, 이랴

시작 메모

기타 잘 치던 술꾼 아버지 돌아가시고 내가 가장 힘들 때 딱 두 번 꿈속에 나타나셨다. 시골 교회 목사 되신 이후 다시는 아버지 술 냄새를 맡을 수 없었지만, 옛날 십 원 지폐 볼 때마다 아버지 술주정이 아마득히 그립다.

꽃과 민달팽이

박장호

웃는 모습이 아빠 닮았다.

밥 짓고 집 짓느라
발이 닳은 아빠

새끼 얼굴에 고름 고여
마음까지 닳은 아빠

창가에 앉아 아빠 생각하다
맑아진 볼우물에 꽃이 피었다.

집 나선 달팽이가 꽃 속을 기었다.

달팽아 달팽아
천천히 가라.

볼우물에 사랑사랑

고운 파도가 일었다.

시작 메모

  나는 아버지와 웃는 모습이 닮았다. 아버지가 보고 싶을 땐 거울 보며 웃을 것 같다. 아버지가 건강하게 느릿느릿 사셨으면 좋겠다.

해운대 기타

박진성

아들아 사는 게 왜 이러냐, 아버지가 기타를 칩니다 해운대 백사장에서 기타를 칩니다 나는 콜라나 마시면서

나는 아버지를 듣습니다 2월의 나뭇가지들은 철사 같고 도둑질한 나의 뼈들 같습니다 아버지, 표정을 지우고 밤새 기타를 칩니다 기차 그림이나 그리면서 나는 아버지 기타를 듣습니다

아버지, 기타는 언제 멈추나요
얘야, 너는 내가 떨어뜨린 기타줄이란다*
얘야, 기타에서만 보이는 꽃이 있단다

나만 듣는 악보입니다 나만 볼 수 있는 어린 악보입니다 떠날 수 없습니다 버릴 수 없습니다 아버지, 어두워집니다

아버지, 춤은 안 됩니다

아버지, 기타 치며 춤춥니다 죽은 리듬에서는 파도도 죽고 말

아 미움도 죽고 증오도 죽고 말아 아버지, 그만하시라니까요 무언가 돌고 있어서 무언가 흐르고 있어서 떠날 수 없습니다 버릴 수 없습니다

아버지는 언제 끝나는 걸까요 아버지는 언제 꽃피는 걸까요 내가 죽으면 아버지가 죽으면 아버지는 끝나는 걸까요 꽃이 피었다는 건 한 세계가 망했다는 것입니다 해운대 백사장에 꽃이 피었습니다

해운대 어린 날 바닷가에서 아버지 새벽까지 기타 치며 춤춥니다 주울 수도 없는 아버지 나, 버릴 수도 없습니다

* 이성복 : 아버지가 말했다 / 너는 내가 떨어뜨린 가랑잎이야
  기형도 : 너는 아버지가 끊어뜨린 한 가닥 실정맥이야

아버지는 언제 끝나는 걸까요
내가 죽으면
아버지가 죽으면
아버지는 끝나는 걸까요

시작 메모

아버지, 죄송합니다.

아버지, 목련 한 그루

백인덕

대문 옆 담장이 헐렸다.
쇠망치 두어 번에 맥없이 무너진 담벼락,
나는 멀찍이 전봇대 그늘 아래 담배를 피워 물고
시멘트 길바닥에 손톱 낙서를 하는데,
굳은 흙을 파헤치는 요란한 삽 소리,
하늘은 가깝고
골목은 자꾸 길어지는데,

아버지는 내게 목사가 되라 하셨다.
— 신을 믿기엔 내 영혼이 너무 여려요
아버지는 내게 한의사가 되라 하셨다.
— 남을 진단하기엔 제가 너무 아파요
아버지는 내게 장군이 되라 하셨다. 당신은 소령.
— 그 말씀 받을 수 없어, 아들은 새벽마다 예배당에 엎드리고,

대문 옆, 목련이 뽑혔다.
아버지와 어머니, 두 살 여동생과 내가 한껏 웃고 있는 흑백

사진,

  구멍에 흙을 북돋으며 잘근잘근 밟았다.

  집을 나서면, 천지가 길이지만

  목사처럼.

  한의사처럼.

  장군처럼 시를 쓰는 아침, 아무도 아프지 마시라.

  아버지는 명령을 따라 한국인이 되었고, 그 말씀 못 받아 난

  자유인이 되었다. 하늘은 가깝고,

  골목은 자꾸 길어지는 나이가 되었다.

시작 메모

태어나고 자란 동네에 마당 있는 집을 처음 장만하고, 아버지는 초등 3학년
내 정도 키의 목련 한 그루를 사 와 마당에 심었다. 목련이 자라 키가 내 두
배쯤일 때, 어머니를 잃고, 키가 세 배쯤 될 때까지 그 나무를 돌보던 아버
지는 인부를 동원해 뽑아버렸다. 내 기억 깊숙이 '부모'를 옮겨 심었다.

아버지의 종점

송경동

아버지는 오토바이였다
한때는 손수 만든 과자를
다시 한때는 꿀처럼 보이던 물엿을
다시 거기에 돼지 사료와 소 사료를 싣고
쉬지 않고 달렸다
사과나 귤 박스를 얹어본 적도 있고
국수 박스나 우윳갑
중국집을 본뜬 은색 백반 상자를 싣고
변화무쌍 이빠이 달려봤지만
인생은 나아가지지 않았다
종반엔 다방 레지를 실어보기도 했지만
모두가 헛바퀴, 말년엔
자신의 몸만 덩그러니 싣고
아파트 경비실로 향하기도 했다

이젠 생의 엔진이 다해
호흡기 질환 약을

아침저녁으로 흡입해야

간신히 숨통이 트이는

아버지의 오토바이를 타고

……

나도 여기까지 왔다

시작 메모

　생의 종점은 따로 없다. 아버지는 내 안에 있고, 나와 함께 다시 한세상을
살다 갈 것이다. 혼자 살아가는 것 같지만, 무수한 이들의 땀과 노력이 나
를 밀고 간다.

몫

이능표

어려서 아버지께서 들려주시길,
하늘 아래 저마다 몫이 있단다.
바람의 몫 구름의 몫 강물의 몫
사람의 몫 동물의 몫 식물의 몫
아비의 몫 어미의 몫 아들의 몫
자라서 다시 한 번 들려주시길,
하늘 아래 저마다 목이 있단다.
바람의 목 구름의 목 강물의 목
사람의 목 동물의 목 식물의 목
아비의 목 어미의 목 아들의 목
돌이켜 다시 한 번 들려주시길,
하늘 아래 저마다 못이 있단다.
바람의 못 구름의 못 강물의 못
사람의 못 동물의 못 식물의 못
아비의 못 어미의 못 아들의 못

시작 메모

  아버지는 측량 기사였다. 평생 가족과 떨어져 홀로 객지생활을 하셨으므로
어린 시절 나는 아버지를 가끔 엄마 만나러 오는 손님으로 알았다. 술을
드시면 엉엉 우시곤 했다.

애비는 잡초다

이진우

아무리 때리고 쓰러뜨리고
차고 짓밟아봐라,
팔을 꺾고 다리를 분지르고
등을 짓이겨봐라,
우리는 포기를 모른다
화살촉 같은 날씨와
가시밭 같은 땅에
피와 뼈로 집을 짓고
너희를 길러낸 우리다

너희가 덜떨어졌다 늘 비웃는 우리가
네 애비고
내일의 너희다

너희가 쉽게 가졌다 쉽게 버리는 양심 때문에
어두운 골목 그늘에서
하늘에 대고 울부짖고

땅에다 속을 모조리 게워내고도
다시 일어서는 애비,
너희가 절대 닮고 싶어 하지 않는
우리가 바로 온 지구를 뒤덮은 잡초,
너희를 품어줄 거대한 무덤이다

시작 메모

잡초에게도 이름이 있지만 대개 없애야 할 무엇, 이름조차 알기 싫은 존재
로 취급된다. 세상에 이름을 떨치지 못해 화초가 되지 못한 평범한 아버지
들 역시 잡초 신세. 이런 당신들과 나의 아버지의 고집불통이 우리를 존재
하게 하였다.

효자폰

이창수

아버지는 휴대전화로 하루를 보낸다
1번을 누르면 장남이 2번을 누르면 큰딸이
숫자를 누르면 육남매가 차례로 받는다
아무리 많이 써도 요금이 안 나온단다
작은누나 통장에서 요금이 빠져나가는 걸 모르면서
돈 먹는 집전화보다 낫다고 하신다
어머니는 아버지의 전화기가
종종 세탁기에서 나온다고 푸념이다
기계란 자고로 물과 멀어야 한다는 지론과 달리
세탁기에서 나온 전화기를 생각하면
당신의 생각에도 녹이 낀 것 같다
엊그제는 아들딸들이 전화를 잘 받지 않는다며
효자폰을 신형으로 바꿔야겠다고 혀를 차신다
아버지의 푸념을 듣고 놀란 강아지들이
눈을 크게 뜨고 아버지를 보고 있다

몇 해 전부터 아버지가 휴대폰을 사달라고 졸랐다. 마을에서 휴대전화가 없는 사람은 당신밖에 없다며 싼 거라도 사달라고 하셨다. 작은누나가 선뜻 자기가 사주겠다고 했고, 아버지에게 작은누나는 천하에 없는 효녀가 되었다. 휴대폰을 손에 넣은 아버지는 우리들에게 시도 때도 없이 전화를 걸었다. 아버지가 하루 세 차례 안부를 물어 우리가 안부전화를 걸 필요가 없어졌다. 전화요금 많이 나오지 않느냐고 했더니 집전화는 요금이 나오는데 휴대전화는 요금이 안 나와서 너무 좋단다. 추석에 그 이유를 알게 되었다. 작은누나 통장에서 전화요금이 빠져나간 것이다. 누이는 전화요금 폭탄에 맞아 파산 직전이라고 하소연을 하면서도 아버지에게 말하지 말라고 했다. 그래서 아버지 전화를 잘 받지 않게 되었는데 아버지는 우리가 전화를 안 받는 게 전화기 성능이 좋지 않은 이유라 생각하고 전화를 새걸로 바꿔달라고 하신다.

기일(忌日)

전영관

파도로 배접(褙接)한 세월 질기게 살았으니
비단 같은 옥색 바다 한 필쯤 끊어 써도 되겠다
어선들이 잔잔한 물결 마름질로 지나간 후
한 땀 한 땀 갈매기가 시침질한다
저 두루마기 완성되면 탁주 한 병 들고
뒷산 당신을 찾아가련다
베옷 한 벌로 배웅한 아침을 대갚음하랴마는
해송의 검푸른 수염 마주칠 때마다 옥죄던 마음
반듯하게 펴고 싶다
생전의 당신처럼 화장걸음으로
비린내 헤치며 포구도 한 바퀴 돌고 싶다

봄날 한 가닥도 붙들지 못하는
덕장의 그물같이 저리 출렁거리며
당신 생애는 헐거워졌을 것이다
마름질한 지스러기로 조각보 하나 더 지어서 어머니가
그날 이후 대청에 차려놓는 당신 저녁상 덮어두겠다

기척도 없이 귀퉁이 흔들리면 오셨구나 하고
숭늉 먼저 올리련다 내외께서 겸상하는 동안
마당엔 초저녁 별들이 봉싯거리고 허기진 바다가
뒤란에 감색(紺色) 적막을 펼쳐놓고 돌아가리라
나는 장독대에 서서 하늘이
가라앉는 장엄을 지켜보리라 거기에
당신 이름으로 만선 깃발 견고히 세워두리라

시작 메모

아버지라는 호칭에는 후회와 죄책감까지 스미어 있다. 돌아보면 뻐근하고
되새겨보면 시큰해진다. 장소와 시간을 초월해 통증의 상징으로 현현하는
아버지를 문장으로 모셨다.

아아아, 아버지

정일근

어, 어머니는 심장이 터질 듯 외치는 감탄사라면
아, 아버지는 내 몸이 불탈 때 부르는 마지막 구조신호다

우주의 어둡고 추운 행성일 때 아, 아버지라고 외쳐
나는 그 사람의 운명을 공전하며 자전하는 푸른 항성이 되었다

거칠고 딱딱한 어둠뿐인 행성일 때, 아, 아버지라 불러
어둠의 표피에 눈을 달고 빛을 볼 수 있었다

얼음뿐인 얼음 이하만 상상할 수 있을 때 아아, 아버지라 불러
나는 듣고 맛보고 만져보며 느낄 수 있었다

어느 날 이 태양계에서 저 은하계로 건너가며 내 살과 뼈 불
탈 때
뜨거워 뜨거워서 참을 수 없을 때 나는 또 아아아, 아버지, 아
버지
또 그렇게 구조를 외쳐 다른 하늘의 별로 떠날 것이다

135

아버지 이미 떠나 기다리는 저 먼 우주 어디에.

시작 메모

나는 아버지란 태양계의 별이다. 내 어릴 때 떠나신 내 아버지. 이 별에서
딱 열 해를 같이 지냈다. 다시 만난다면 나무늘보처럼 자전하고 공전하는
아버지의 별이고 싶다. 오래오래, 느리게 느리게.

시인 소개 (가나다순)

고두현

1993년 『중앙일보』 신춘문예에 시 「유배시첩―남해 가는 길」이 당선되어 등단했다. 시집으로 『늦게 온 소포』 『물미해안에서 보내는 편지』 『달의 뒷면을 보다』 등이 있다. 시와시학 젊은시인상 등을 받았다.

고진하

강원 영월에서 태어났으며 1987년 『세계의문학』으로 등단했다. 시집으로 『지금 남은 자들의 골짜기엔』 『프란체스코의 새들』 『얼음수도원』 『거룩한 낭비』 『꽃 먹는 소』 『명랑의 둘레』 등이 있고, 산문집으로 『책은 돛』 『시 읽어주는 예수』 『신들의 나라, 인간의 땅: 우파니샤드 기행』 등이 있다. 김달진문학상, 영랑시문학상을 수상했다.

공광규

1986년 월간 『동서문학』으로 등단했다. 시집으로 『소주병』 『말똥 한 덩이』 『담장을 허물다』가 있고, 시창작론집 『이야기가 있는 시창작 수업』 등과 시 그림책 『구름』 『청양장』 『흰 눈』이 있다.

김도언

1999년 『한국일보』 신춘문예 소설 부문에 당선되어 소설가로 작품 활동을 했고 2012년에는 『시인세계』 신인상을 받으며 시인으로 등단했다. 펴낸 책으로 소설집 『철제계단이 있는 천변풍경』 『악취미들』 『랑의 사태』, 장편소설 『이토록 사소한 멜랑꼴리』 『꺼져라, 비둘기』, 경장편소설 『미치지 않고서야』가 있고, 인터뷰집 『세속도시의 시인들』이 있다.

김성규

1977년 충북 옥천에서 태어났다. 2004년 『동아일보』 신춘문예로 등단했으며, 시집으로 『너는 잘못 날아왔다』 『천국은 언제쯤 망가진 자들을 수거해가나』가 있다.

김완하

1958년 경기 안성에서 태어났으며 1987년 『문학사상』 신인상으로 등단했다. 시집 『길은 마을에 닿는다』 『그리움 없인 저 별 내 가슴에 닿지 못한다』 『네가 밟고 가는 바다』 『허공이 키우는 바다』 『절정』, 시선집 『어둠만이 빛을 지킨다』가 있고, 그 밖의 저서로 『한국 현대시의 지평과 심층』 『한국 현대시와 시정신』 『신동엽의 시와 삶』 『중부의 시학』 『시창작의 이해와 실제』 『생으로 뜨는 시』 1, 2권, 『김완하의 시 속의 시 읽기』 1, 2권, 『우리시대의 시정신』 등이 있다. 시와시학상 젊은시인상 등을 수상했다. 현재 한남대학교 문예창작학과 교수, 계간 『시와정신』 편집인 겸 주간, 고은문학연구소장이다. 2009~2010년 UC 버클리 객원교수로 재직했으며, 2016년에도 UC 버클리 객원교수로 있다.

김응교

연세대학교 신학과를 졸업했고, 동대학교 국어국문학과에서 박사학위를 받았다. 1987년 『분단시대』에 시를 발표하고, 1990년 『한길문학』 신인상을 받았다. 1991년 「풍자시, 약자의 리얼리즘」을 『실천문학』에 발표하면서 평론 활동도 시작했다. 1996년 도쿄외국어대학을 거쳐, 도쿄대학원에서 비교문학을 공부했고, 1998년 와세다대학 객원교수로 임용되어 10년간 강의했다. 현재 숙명여자대학교 리더십교양교육원 교수로 있다. 시집으로 『씨앗/통조림』, 평론집으로 『한일쿨투라』 『사회적 상상력과 한국시』 『박두진의 상상력 연구』 『시인 신동엽』 등이 있다.

김정수

1963년 경기 안성에서 태어나 경희대학교 국어국문학과를 졸업했다. 1990년 『현대시학』으로 등단했으며 시집으로 『서랍 속의 사막』『하늘로 가는 혀』가 있다. 제28회 경희문학상을 수상했다. 현재 빈터 동인으로 활동하고 있다.

김종해

1963년 『자유문학』과 『경향신문』 신춘문예에 당선되어 문단에 나왔다. 주요 시집으로 『항해일지』『별똥별』『풀』『바람 부는 날은 지하철을 타고』『봄꿈을 꾸며』『눈송이는 나의 각을 지운다』 등이 있다. 현대문학상, 한국문학작가상, 한국시협상 등을 수상했다.

김태형

1971년 서울에서 태어났으며 1992년 『현대시세계』에 시가 당선되어 작품 활동을 시작했다. 시집 『로큰롤 헤븐』『히말라야시다는 저의 괴로움과 마주한다』『코끼리 주파수』『고백이라는 장르』, 시선집 『염소와 나와 구름의 문장』, 산문집 『이름이 없는 너를 부를 수 없는 나는』『아름다움에 병든 자』『하루 맑음』 등이 있다.

류근

중앙대학교 문예창작학과를 졸업하고 동 대학원 박사과정을 수료했다. 1992년 『문화일보』 신춘문예 시 부문에 당선되어 등단했다. 시집으로 『상처적 체질』『어떻게든 이별』, 산문집으로 『사랑이 다시 내게 말을 거네』『싸나희 순정』이 있다.

문형렬

경북 고령에서 태어나 1982년과 1984년 『조선일보』 신춘문예에 시와 소설이 각각 당선되어 문단에 나왔다. 시집으로 『꿈에 보는 폭설』『해가 지면 울고 싶다』, 장편소설로 『바다로 가는 자전거』『연적』『눈먼 사랑』『어느 이

둥병의 편지』『굿바이 아마레』 등이 있다. 2012년 현진건문학상을 받았다.

박장호
2003년 『시와세계』로 등단했다. 시집으로 『나는 맛있다』『포유류의 사랑』이 있다. 제14회 박인환문학상을 받았다.

박지웅
2004년 『시와사상』 신인상, 2005년 『문화일보』 신춘문예로 등단했다. 시집으로 『너의 반은 꽃이다』『구름과 집 사이를 걸었다』가 있다. 제11회 지리산문학상을 받았다.

박진성
1978년 충남 연기에서 태어났다. 2001년 『현대시』로 등단하여 시집 『목숨』『아라리』『식물의 밤』, 산문집 『청춘착란』을 펴냈다. 2014년 동료들이 뽑은 올해의 젊은 시인상, 시작작품상을 수상했다.

박철
서울에서 태어나 단국대학교 국어국문학과를 졸업했다. 『창비1987』에 시「김포」 외 15편을 발표하며 작품 활동 시작했다. 시집으로 『김포행 막차』『밤거리의 갑과 을』『새의 전부』『너무 멀리 걸어왔다』『영진설비 돈 갖다주기』『험준한 사랑』『사랑을 쓰다』『불을 지펴야겠다』『작은 산』 등이 있다. 제13회 천상병시상, 제12회 백석문학상을 수상했다.

박후기
2003년 『작가세계』로 등단했다. 시집 『종이는 나무의 유전자를 갖고 있다』『내 귀는 거짓말을 사랑한다』『격렬비열도』『엄마라는 공장, 여자라는 감옥』, 사진산문집 『나에게서 내리고 싶은 날』『내 귀는 거짓말을 사랑한다』, 그림책 『그림 약국』, 장편소설 『토끼가 죽던 날』 등을 펴냈다. 2006년 신동엽문학상을 수상했다.

배한봉

경남 함안에서 태어나 경희대학교 대학원에서 문학박사 학위를 받았다. 1998년 『현대시』로 등단했다. 시집으로 『흑조(黑鳥)』 『우포늪 왁새』 『악기 점』 『잠을 두드리는 물의 노래』 등이 있고, 산문집으로 『당신과 나의 숨결』 『우포늪, 생명과 희망과 미래』 등이 있다. 현대시작품상, 소월시문학상 등을 수상했다. 현재 『시를사랑하는사람들』 공동주간, 『동리목월』 편집위원, 우포늪 홍보대사, 경희대학교 및 경희사이버대학교 강사로 활동하고 있다.

백인덕

서울에서 태어나 한양대학교 국어국문학과를 졸업하고 동 대학원에서 박사학위를 받았다. 1991년 『현대시학』으로 등단했다. 시집으로 『끝을 찾아서』 『한밤의 못질』 『오래된 약』 『나는 내 삶을 사랑하는가』가 있고, 그 밖의 저서로 『사이버 시대의 시적 현실과 상상력』 등이 있다. 현재 한양대학교, 한남대학교 강사이다.

손택수

1998년 『한국일보』(시)와 『국제신문』(동시) 신춘문예에 당선되어 작품 활동을 시작했다. 시집으로 『호랑이 발자국』 『목련전차』 『나무의 수사학』 『떠도는 먼지들이 빛난다』 등이 있다. 노작문학상, 신동엽창작상, 오늘의 젊은 예술가상, 임화문학예술상, 이수문학상 등을 수상했다. 현재 명지대학교 문화예술대학원과 방송통신대학교 문예창작콘텐츠학과 대학원에 출강 중이다.

송경동

1967년 전남 벌교에서 태어났다. 2001년 『내일을 여는 작가』와 『실천문학』을 통해 작품 활동을 시작했다. 시집 『꿀잠』 『사소한 물음들에 답함』 『나는 한국인이 아니다』와 산문집 『꿈꾸는 자, 잡혀간다』를 펴냈다. 천상병시상, 신동엽문학상을 받았다.

오민석

충남 공주에서 태어났다. 1990년 월간 『한길문학』 창간기념 신인상에 시가, 1993년 『동아일보』 신춘문예에 문학평론이 당선되어 등단했다. 시집 『기차는 오늘 밤 멈추어 있는 것이 아니다』『그리운 명륜여인숙』, 문학이론서 『정치적 비평의 미래를 위하여』를 펴냈으며, 시집 『절름발이 늑대에게 경의를』 등을 옮겼다.

오인태

1991년 『녹두꽃』 추천으로 시단에 나왔다. 시집 『그곳인들 바람 불지 않겠나』『혼자 먹는 밥』『등 뒤의 사랑』『아버지의 집』『별을 의심하다』 등과 동시집 『돌멩이가 따뜻해졌다』, 산문집 『시가 있는 밥상』을 펴냈다.

윤관영

1996년 『문학과사회』 가을호에 시 「나는 직립이다」 외 3편을 발표하며 작품 활동을 시작했다. 시집으로 『어쩌다, 내가 예쁜』『오후 세 시의 주방 편지』가 있으며, 한국시인협회 젊은시인상을 수상했다.

이능표

1984년 겨울 『문예중앙』으로 등단했다. 1988년 첫 시집 『이상한 나라』를 냈다. 1994년 마지막 작품을 발표한 후 시단을 떠나 있다가 2015년 두 번째 시집 『슬픈 암살』을 상재하며 시단에 복귀했다. 시집 외에 산문집 『이가 만필_농』이 있으며, 『엄마 가슴에 꽃이 피었어요』『사과나무 아래서』 등의 동화책을 썼다.

이승하

1984년 『중앙일보』 신춘문예로 등단했다. 시집으로 『인간의 마을에 밤이 온다』『천상의 바람, 지상의 길』『공포와 전율의 나날』『감시와 처벌의 나날』 등이 있고, 문학평론집 『집 떠난 이들의 노래』『세속과 초월 사이에서』『향일성의 시조 시학』『한국 시문학의 빈터를 찾아서 2』 등이 있다.

이승희

1999년 『경향신문』 신춘문예로 등단했다. 시집으로 『거짓말처럼 맨드라미가』 등이 있고, 동화집 『어린이를 위한 약속』 등을 펴냈으며, 계간 시 전문지 『시와사람』 주간을 맡고 있다.

이위발

1959년 경북 영양에서 태어나 서울과학기술대학교 문예창작학과와 고려대학교 대학원 문학예술학과를 졸업했다. 1993년 『현대시학』으로 등단했다. 시집으로 『어느 모노드라마의 꿈』 『바람이 머물지 않는 집』, 산문집으로 『된장 담그는 시인』이 있다. 현재 이육사문학관 사무국장이다.

이은봉

1953년 충남 공주에서 태어났으며 1984년 『창작과비평』 신작 시집 『마침내 시인이여』를 통해 등단했다. 시집으로 『내 몸에는 달이 살고 있다』 『길은 당나귀를 타고』 『책바위』 『첫눈 아침』 『걸레옷을 입은 구름』 등이 있다. 현재 광주대학교 문예창작과 교수로 있다.

이재무

1958년 충남 부여에서 태어나 동국대학교 국어국문학과 석사과정을 수료했다. 1983년 『삶의 문학』 등을 통해 작품 활동을 시작했고, 시집으로 『섣달그믐』 『온다던 사람 오지 않고』 『벌초』 『몸에 피는 꽃』 『위대한 식사』 『시간의 그물』 『푸른 고집』 『저녁 6시』 『경쾌한 유랑』 『슬픔에게 무릎을 꿇다』 등이 있다. 윤동주문학대상, 소월시문학상, 난고문학상, 편운문학상, 풀빛문학상 등을 수상했다. 현재 한국작가회의 이사, 시 전문 계간지 『시작』 대표 이사로 있으며, 한신대학교 대학원과 서울디지털대학교 등에 출강하고 있다.

이재훈

1972년 강원 영월에서 태어났으며 1998년 『현대시』로 등단했다. 시집으로 『내 최초의 말이 사는 부족에 관한 보고서』 『명왕성 되다』가 있고, 그 밖의 저서로 『현대시와 허무의식』 『딜레마의 시학』 『부재의 수사학』, 대담집 『나는 시인이다』가 있다. 현대시작품상, 한국시인협회 젊은시인상을 수상했다.

이진우

1965년 경남 통영에서 태어나 고려대학교 철학과를 졸업했다. 1989년 『현대시학』으로 등단했다. 시집 『슬픈 바퀴벌레 일가』 『내 마음의 오후』 『보통씨의 특권』, 장편소설 『적들의 사회』 『소설 이상』 『메멘토모리』, 산문집 『저 구마을 아침편지』 『해바라기 피는 마을의 작은 행복』 등이 있다.

이창수

1970년 전남 보성에서 태어났다. 2000년 『시안』으로 등단하여 시집 『물오리사냥』 『귓속에서 운다』를 펴냈다.

이철경

1966년 전북 순창에서 태어났다. 서울과학기술대학교를 졸업하고 고려대학교 대학원에서 문예창작(시 전공) 석사학위를 받았다. 제3회 목포문학상 (시 평론)을 받았고, 시 전문 계간지 『발견』 신인문학상을 수상했다. 시집으로 『단 한 명뿐인 세상의 모든 그녀』와 『죽은 사회의 시인들』 등이 있다.

장석남

인천 덕적에서 태어났으며 1987년 『경향신문』 신춘문예에 시 「맨발로 걷기」가 당선되어 등단했다. 1991년 첫 시집 『새떼들에게로의 망명』으로 김수영문학상을, 1999년 「마당에 배를 매다」로 현대문학상을 수상했다. 『지금은 간신히 아무도 그립지 않을 무렵』 『젖은 눈』 『왼쪽 가슴 아래께에 온통증』 『미소는, 어디로 가시려는가』 『뺨에 서쪽을 빛내다』 『고요는 도망가지 말아라』 등의 시집과 『물의 정거장』 『물 긷는 소리』 등의 산문집이 있다. 현재 한양여자대학교 문예창작과 교수로 재직 중이다.

장석주

1975년 『월간문학』 신인상으로 등단했다. 마흔 해째 시인으로 살아오며 시집 『몽해항로』 『오랫동안』 『일요일과 나쁜 날씨』 등을 펴냈다. 질마재문학상(2010), 영랑시문학상(2012), 편운문학상(2016) 등을 수상했다.

전영관

2011년 『작가세계』 신인상으로 등단했다. 시집 『바람의 전입신고』와 『부르면 제일 먼저 돌아보는』, 산문집 『그대가 생각날 때마다 길을 잃는다』 『슬퍼할 권리』가 있다.

전윤호

1991년 『현대문학』 추천으로 등단했다. 시집으로 『이제 아내는 날 사랑하지 않는다』 『순수의 시대』 『연애소설』 『늦은 인사』가 있고, 여행 에세이 『나에게 주는 여행 선물』이 있다. 2002년 시와시학 젊은시인상을 수상했다.

정병근

1962년 경북 경주에서 태어나 동국대학교 국어국문학과를 졸업했다. 1988년 『불교문학』으로 등단했으며, 시집으로 『오래 전에 죽은 적이 있다』 『번개를 치다』 『태양의 족보』 등을 펴냈다. 제1회 지리산문학상을 수상했다.

정일근

1984년 『실천문학』으로 등단했다. 시집으로 『바다가 보이는 교실』 『기다린다는 것에 대하여』 『방!』 『소금성자』 등이 있고, 소월시문학상, 지훈문학상, 이육사시문학상, 김달진문학상 등을 수상했다.

정한용

1958년 충북 충주에서 태어났다. 1980년 『중앙일보』 신춘문예(평론)와 1985년 『시운동』(시)으로 작품 활동을 시작했다. 시집으로 『흰 꽃』 『유령들』 『거짓말의 탄생』 등이 있고, 영문시집 『How to Make a Mink Coat』,

평론집 『울림과 들림』 등이 있다.

정호승
1950년 경남 하동에서 태어나 대구에서 성장했다. 1973년 『현대시학』과 『대한일보』로 등단하여 『슬픔이 기쁨에게』『서울의 예수』『사랑하다가 죽어버려라』『외로우니까 사람이다』 외 다수의 시집을 펴냈다. 소월시문학상, 정지용문학상 등을 수상했다.

조현석
1988년 『경향신문』 신춘문예에 시 「에드바르트 뭉크의 꿈꾸는 겨울스케치」가 당선되어 등단했다. 시집으로 『에드바르트 뭉크의 꿈꾸는 겨울스케치』『불법, …체류자』『울다, 염소』 등이 있다. 현재 도서출판 북인 대표이다.

최돈선
1969년 『강원일보』와 『동아일보』 신춘문예로 등단했다. 첫 시집 『칠년의 기다림과 일곱날의 생』을 시작으로 『허수아비 사랑』『물의 도시』『나는 사랑이란 말을 하지 않았다』『사람이 애인이다』 등을 펴냈고, 산문집 『너의 이름만 들어도 가슴속에 종이 울린다』『느리게 오는 편지』 등이 있다.

최정용
강원 속초에서 태어났다. 2014년 『서정시학』 여름호로 등단했다.

최준
1984년 『월간문학』 신인상, 1990년 『문학사상』 신인상에 시가 당선되었고, 1995년 『중앙일보』 신춘문예에 시조가 당선되었다. 시집으로 『개』『나 없는 세상에 던진다』『뿔라부안라뚜 해안의 고양이』 등이 있다.

함민복
1962년 충북 중원에서 태어나 서울예술대학교 문예창작과를 졸업했다.

1988년 시 「성선설」 등을 『세계의문학』에 발표하며 등단했다. 시집으로 『우울氏의 一日』『자본주의의 약속』『모든 경계에는 꽃이 핀다』『말랑말랑한 힘』『눈물을 자르는 눈꺼풀처럼』 등이 있다. 오늘의 젊은 예술가상, 애지문학상, 김수영문학상, 박용래문학상, 윤동주문학대상 등을 수상했다.

홍사성

강원 강릉에서 태어났다. 2007년 『시와시학』으로 등단하여 시집 『내년에 사는 법』을 펴냈다. 시 전문 월간지 『유심』 편집주간을 지냈다.

황정산

1958년 전남 목포에서 태어났다. 1994년 『창작과비평』으로 평론을 시작했고, 2002년 『정신과표현』에 시를 발표하며 시인으로 활동하기 시작했다. 저서로 『쉽게 쓴 문학의 이해』『주변에서 글쓰기』 등이 있다. 월간 『우리시』 주간을 지냈으며 현재 대전대학교 교수로 있다.

굽은 길들이 반짝이며 흘러갔다

초판 1쇄 인쇄   2016년 10월 10일
초판 1쇄 발행   2016년 10월 17일

지은이   고두현 외
그린이   서숙희
펴낸이   이수철
주간   하지순
편집   정사라 최장욱
디자인   씨오디
마케팅   정범용
관리   전수연

펴낸곳   나무옆의자
출판등록   제396-2013-000037호
주소   서울시 마포구 성미산로1길 67 다산빌딩 301호(03970)
전화   02)790-6630
팩스   02)718-5752

페이스북   www.facebook.com/namubench9
인쇄·제본   현문자현
종이   월드페이퍼

그림ⓒ서숙희

ISBN 979-11-86748-77-0   03810

· 이 도서의 국립중앙도서관 출판예정도서목록(CIP)은 서지정보유통지원시스템
  홈페이지(http://seoji.nl.go.kr)와 국가자료공동목록시스템(http://www.nl.go.kr/kolisnet)에서
  이용하실 수 있습니다. (CIP제어번호: CIP2016022732)